KB260767

밤:악몽

이 도서의 국립중앙도서관 출판시도서목록(CIP)은
서지정보유통지원시스템 홈페이지(http://seoji.nl.go.kr)와
국가자료공동목록시스템(http://www.nl.go.kr/kolisnet)에서 이용하실 수 있습니다.
(CIP제어번호:2013021873)

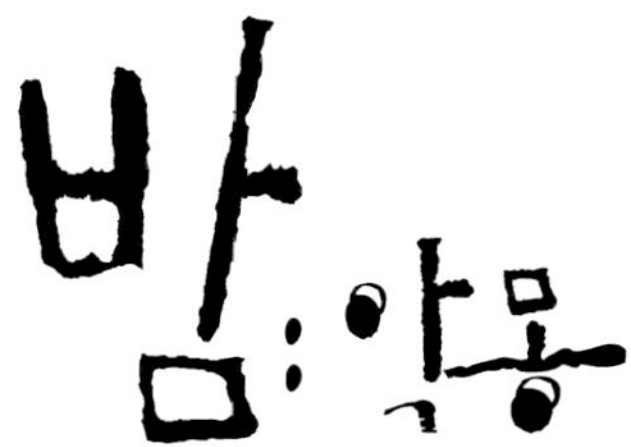

밤: 악몽

기 드 모파상 소설 | 토뇨 베나비데스 그림 | 송의경 옮김

문학동네

　나는 밤을 열렬히 사랑한다. 그것은 고향이나 애인을 사랑하는 것처럼 본
능적이고 근원적이며 불가항력적인 사랑이다. 나는 내 모든 감각으로, 즉
밤을 바라보는 눈으로, 밤을 들이마시는 코로, 밤의 고요를 듣는 귀로, 밤의
애무를 느끼는 온몸의 촉각으로 밤을 사랑한다. 종달새들은 청아한 아침의
햇빛 속에서, 푸른 하늘에서, 따스한 대기 속에서, 청아한 아침의 살랑대는
바람 속에서 지저귄다. 부엉이는 밤으로 숨어든다. 검은 점이 되어 어두운
공간을 가로지르고, 광대무변한 어둠에 취해 희희낙락하며, 떨리는 목소리
로 음산하게 울부짖는다.

　낮은 피곤하고 따분하다. 노골적이고 소란스럽다. 나는 가까스로 일어

나, 마지못해 옷을 입고, 내키지 않는 기분으로 외출한다. 걸음을 옮길 때마다, 몸을 움직이거나 어떤 몸짓을 할 때마다, 말을 하거나 생각을 할 때마다 마치 무거운 짐을 들어올리는 것처럼 힘이 든다.

하지만 뉘엿뉘엿 해가 지면 막연한 기쁨이 밀려들어 온몸으로 퍼져나간다. 나는 깨어나고 활기를 되찾는다. 어둠이 확산될수록 전혀 다른 사람, 더 젊고 더 기운차고 더 날렵하고 더 행복한 사람으로 변하는 듯한 느낌이 든다. 나는 하늘에서 내려온 거대하고 감미로운 어둠을 바라본다. 차츰 짙어가는 어둠이 손으로 잡을 수도, 헤치고 들어갈 수도 없는 파도처럼 도시를 집어삼킨다. 색깔과 형태를 감추거나 지우고 파괴한다. 집과 사람과 건물들을 보이지 않는 손길로 감싸안는다.

그러면 나는 부엉이처럼 기쁨에 들떠 울부짖으며 고양이처럼 지붕 위를 달려가고 싶어진다. 내 혈관 속에서 억누를 수 없는 맹렬한 사랑의 욕망이 점화된다.

나는 때로는 어두컴컴한 교외로, 때로는 파리 근교의 숲으로 가서 걷는다. 그곳에서는 내 누이 같은 짐승들과 내 형제 같은 밀렵꾼들이 배회하는 소리가 들린다.

우리가 열렬히 사랑하는 것은 결국 우리를 죽음으로 이끄는 법이다. 하지

만 내게 일어난 일을 어떻게 설명하면 좋을까? 어떻게 이야기해야 납득시킬 수 있을까? 모르겠다. 더이상은 모르겠다. 그저 다음의 사실만 알고 있을 따름이다. 그뿐이다.

그러니까 어제였다. 어제? 그래, 아마 그럴 것이다. 그 이전, 다른 날, 다른 달, 다른 해가 아니라면. 모르겠다. 하지만 분명 어제였을 것이다. 다시 동이 트지도, 해가 뜨지도 않았으니까. 그런데 밤은 언제부터 계속되고 있는 거지? 언제부터?…… 그걸 누가 알겠는가? 언젠가는 알게 될까?

그러니까 어제 나는 여느 때와 다름없이 저녁식사를 마치고 집을 나섰다. 날씨는 매우 화창하고 무척이나 감미롭고 아주 따스했다. 대로 쪽으로 내려가면서 나는 머리 위의 하늘을 바라보았다. 길 양쪽으로 지붕들이 죽 늘어서 있고, 그 사이로 드러난 하늘은 별이 총총한 검은 강처럼 보였다. 내리막길이 구불구불 구부러져서 별들의 강이 진짜 강물처럼 물결치며 흐르는 것 같았다.

별부터 가스등까지, 모든 게 상쾌한 대기 속에서 환히 빛났다. 하늘에서 반짝이는 수많은 별빛과 도시에서 빛나는 불빛이 어둠을 밝히는 것 같았다. 햇빛으로 환한 대낮일 때보다 눈부시게 빛나는 밤이 훨씬 더 유쾌하다.

대로변 카페들도 화려하게 빛났다. 사람들이 웃고 들락거리고 술을 마시

고 있었다. 나는 잠시 극장 안으로 들어갔다. 어떤 극장이었더라? 모르겠다. 실내가 너무 환해서 이내 울적해졌다. 황금색 발코니에서 반사되는 노골적인 빛, 반짝이는 대형 크리스털 샹들리에의 부자연스러운 빛, 무대와 객석을 가르는 풋라이트, 이런 인위적이고 적나라한 빛에 마음이 다소 침울해져 밖으로 나왔다. 나는 샹젤리제로 접어들었다. 음악을 연주하는 카페들이 줄지어 있는 그곳은 흡사 숲속의 불야성처럼 보였다. 노란색 전구들을 두른 마로니에 나무들은 물감을 칠한 것 같기도 하고, 야광夜光 나무처럼 보이기도 했다. 전구는 창백한 빛을 발산하는 달이거나, 하늘에서 달이 낳아 떨어트린 알卵 혹은 엄청나게 큰 살아 있는 진주알 같았다. 그 전구들에서 뿜어져나오는 신비하고 당당한 자갯빛 광채로 인해 볼썽사납고 지저분한 가스등의 가느다란 빛도 흐려지고, 색유리알 화환들*의 반짝임도 무색해졌다.

나는 개선문 앞에 멈춰 서서, 방사상으로 길게 뻗은 멋진 대로를 바라보았다. 파리 시내로 이어지는 그 길은 양쪽으로 늘어선 불빛들 사이로 뻗어 있었다. 그리고 별들! 나는 저 높은 하늘의 별들을 바라보았다. 이름 모를

---

* 당시에는 색유리알을 화환 모양으로 엮은 장식물을 건물에 매달아놓곤 했다.

별들이 무한한 공간에 무작위로 흩어져 기기묘묘한 형상을 그리고 있었다. 별들을 바라보고 있으면 한없이 꿈을 꾸고 끝없는 몽상에 잠기게 된다.

나는 불로뉴의 숲*으로 들어갔다. 그곳에서 오래, 아주 오래 머물렀다. 기이한 한기가 엄습했고, 불현듯 감정이 격해지면서 광기에 가까울 정도로 마음이 들떴다.

나는 오래, 아주 오래 걸었다. 그리고 되돌아왔다.

다시 개선문 앞을 지날 때가 몇시쯤이었나? 모르겠다. 도시는 잠들어 있었고 구름이, 커다란 먹구름이 서서히 하늘에 퍼졌다.

비로소 이상하고 새로운 일이 일어날 것 같은 예감이 들었다. 날은 추워지고 공기마저 무거워지는 듯싶었다. 밤이, 내 사랑 밤이 가슴에 무겁게 내려앉았다. 이제 대로에는 인적이 드물었다. 그저 경찰 둘이 삯마차 정류장 부근을 거닐고 있고, 레알 시장으로 가는 채소 수레들이 가스등 불빛이 희미하게 비치는 차도를 지나갈 뿐이었다. 당근과 무와 양배추가 잔뜩 실린 수레는 느릿느릿 움직였다. 마부들은 보이지 않았는데, 아마도 졸고 있을 터였다. 말들은 앞 수레를 따라, 목재로 포장된 길을 소리 없이 고른 보폭으

---

* 파리 서쪽 교외에 있는 대공원.

로 걸어갔다. 보도 위 가로등을 지나칠 때마다 홍당무는 빨갛게, 무는 하얗게, 양배추는 푸르게 빛났다. 한 대씩 지나가는 수레들은 타오르는 불처럼 새빨갛다가 은처럼 새하얘지고 에메랄드 같은 녹색이 되기도 했다. 나는 마차들을 따라가다가 뤼 루아얄에서 방향을 바꿔 대로로 돌아왔다. 인적이 드물고 불 켜진 카페도 없었다. 다만 시간이 늦어 걸음을 재촉하는 행인만 몇몇 눈에 띌 따름이었다. 나는 이처럼 생기 없고 이토록 한적한 파리를 본 적이 없었다. 회중시계를 꺼냈다. 두시였다.

어떤 힘이, 걷고 싶은 욕구가 나를 부추겼다. 그래서 바스티유까지 걸었다. 그제야 비로소 이토록 캄캄한 밤을 본 적이 없다는 사실을 알아차렸다. 7월혁명기념탑조차 분간할 수 없었다. 탑의 금빛 천사는 칠흑 같은 어둠에 묻혀 사라졌다. 두텁고 거대한 구름 천장이 하늘을 뒤덮어 별들을 집어삼키고, 땅마저 지워버릴 태세로 지상으로 내려오는 것 같았다.

나는 돌아나왔다. 주위에는 아무도 없었다. 샤토도 광장에서 술 취한 남자와 부딪힐 뻔했지만, 그는 곧 사라졌다. 불규칙하게 울리는 그의 발소리가 한동안 들렸다. 나는 계속 걸었다. 몽마르트르 언덕에 이르자 마차 한 대가 지나갔다. 센 강 쪽으로 내려가고 있었다. 나는 마차를 불렀다. 마부는 대답하지 않았다. 뤼 드루오 부근에서 한 여자가 서성였다. "선생님, 잠깐

"선생님, 잠깐만요."
뻗어오는 그녀의 손을 피하려고 나는 걸음을 재촉했다.

만요." 뻗어오는 그녀의 손을 피하려고 나는 걸음을 재촉했다. 그후로는 아무도 없었다. 보드빌 극장 앞에서 넝마주이가 배수구를 뒤지고 있었다. 그의 손에 들린 작은 등불이 지면 가까이에서 흔들렸다. 내가 물었다. "여보게, 몇시나 됐는가?"

그가 투덜거렸다. "낸들 아나요! 시계가 없는데."

그 순간 문득 나는 가스등이 꺼져 있음을 깨달았다. 매년 이맘때면 비용 절감을 위해 동이 트기도 전에 일찌감치 소등한다는 사실은 알고 있었지만. 날이 밝으려면 한참 멀었다. 멀고도 멀었다.

'시장으로 가보자.' 나는 생각했다. '거기서는 활기를 느낄 수 있겠지.'

발길을 돌렸는데, 한 치 앞도 보이지 않을 만큼 캄캄해서 길을 찾을 수 없었다. 나는 천천히 앞으로 나아가며, 숲에서 하듯, 도로를 하나하나 세어가며 길을 찾아나갔다.

크레디 리요네 은행 앞에서 개 한 마리가 으르렁거렸다. 뒤로 돌아서 뤼 드 그라몽으로 들어섰는데 그만 길을 잃고 말았다. 이리저리 헤매다가 철책에 둘러싸인 증권거래소를 알아보았다. 파리 전체가 잠들어 있었다. 무섭도록 깊은 잠에 빠져 있었다. 멀리서 마차 한 대가 지나갔다. 아까 내 옆을 지나간 마차일지도 몰랐다. 나는 마차가 있는 데로 가려고 바퀴 소리가 나는 곳으로 걸었다. 어둡고 캄캄하고 죽음처럼 시커먼 황량한 거리들을 가로질렀다.

다시 길을 잃었다. 여기가 어디지? 가스등을 이렇게 빨리 꺼버리다니! 지나가는 사람도, 늦게 귀가하는 사람도, 어슬렁거리는 사람도 없었다. 발정난 고양이의 울음소리조차 들리지 않았다. 아무것도 없었다.

순찰 경찰들은 대체 어디 있단 말인가? '소리를 질러볼까, 경찰들이 달려올지도 몰라' 하는 생각이 들었다. 나는 소리를 질렀다. 아무 대답 없었다.

나는 더 크게 소리를 질렀다. 내 목소리는 메아리도 없이 어둠에, 칠흑 같은 어둠에 짓눌리고 압도되고 희미해지다 사라져갔다.

나는 절규했다. "도와줘요! 도와줘요! 도와줘요!"

필사적인 나의 절규에도 아무런 응답이 없었다. 대체 몇시나 됐을까? 회중시계를 꺼냈지만 성냥이 없었다. 조그만 기계장치가 째깍거리는 경쾌한 소리에 나는 생소하고 야릇한 기쁨을 느꼈다. 시계가 살아 있는 존재 같았다. 덜 외로웠다. 얼마나 희한한 일인가! 장님처럼 지팡이로 벽을 더듬어가며 나는 다시 걷기 시작했다. 그리고 동이 트기를 바라는 마음에 연신 눈을 들어 하늘을 바라보았다. 허공은 캄캄했다. 칠흑처럼 어두웠다. 도시보다 훨씬 더 어두웠다.

나는 절규했다.

"도와줘요!"
도와줘요!"

몇시쯤 되었을까? 한없이 오래 걸은 것 같은 기분이었다. 다리가 휘청거리고 숨이 차고 지독한 허기가 느껴졌기 때문이다.

나는 가장 먼저 나타나는 집의 문을 두드려보기로 작정했다. 문에 달린 구리로 된 고리를 잡아당기자 종소리가 집 안에 낭랑하게 울렸다. 마치 그 집 안에는 이 진동하는 종소리 외엔 아무것도 없다는 듯이 기이하게 울려 퍼졌다.

나는 기다렸다. 아무 대답도 없고 문도 열리지 않았다. 다시 종을 울렸다. 또 기다렸다. 여전히 묵묵부답!

나는 무서워졌다! 옆집으로 달려가 연달아 스무 번이나 종을 울렸다. 어두운 복도에 종소리가 울렸다. 수위가 잠든 게 분명했다. 하지만 그는 잠을 깨지 않았다. 나는 집집마다 문의 손잡이나 고리 들을 힘껏 잡아당기고, 요지부동으로 닫힌 문들을 발로 차고 지팡이와 손으로 두들겨대며 내달렸다.

그러다 갑자기 나는 레알 시장에 와 있음을 알아차렸다. 시장은 한산했다. 아무 소리도 들리지 않고, 움직임도 없고, 수레도 사람도 채솟단도 꽃다발도 보이지 않았다. 그곳은 텅 비고, 아무 움직임 없이 버려진 채 죽어 있었다!

나는 끔찍한 공포에 사로잡혔다. 소름이 끼쳤다. 무슨 일이 벌어진 걸까?

오, 맙소사! 무슨 일이 일어난 거지?

나는 그곳을 떠났다. 대체 몇시지? 몇시나 됐을까? 시간을 알아볼 데가 어디 없을까? 그 어떤 종루도 시계탑도 시간을 울리지 않았다. '내 회중시계 유리 덮개를 열고 손으로 바늘을 더듬어보면 되잖아' 하는 생각이 떠올랐다. 시계를 꺼냈는데…… 더이상 째깍거리지 않았다. 이젠 아무것도, 정말 아무것도 없었다. 이 도시에는 살아 움직이는 미세한 떨림도, 한줄기 빛도, 대기중에서 스치는 소리조차 없었다. 아무것도 없었다! 아무것도! 멀리서 들리던 마차 소리조차 없었다, 정말이지 아무것도!

나는 센 강변에 다다랐다. 얼음장처럼 차가운 공기가 올라왔다.

센 강은 여전히 흐르고 있을까?

알고 싶어서, 계단을 찾아 아래로 내려갔다…… 다리의 아치 밑에서 출렁이는 물결 소리가 들리지 않았다…… 다시 몇 계단을 더 내려갔다…… 모래가…… 진흙이…… 이윽고 물이 나타났다…… 강물에 팔을 담갔다…… 강물이 흘렀다…… 흐르고 있었다…… 차가운…… 차가운…… 차디찬…… 거의 얼음 같은…… 거의 메마른…… 거의 죽어버린 강물이.

나는 깨달았다. 내겐 다시 올라갈 힘이 없다는 것을…… 그리고 나 또한…… 여기서 추위와…… 굶주림과…… 피로로…… 죽게 되리라는 것을.

나는 깨달았다.
나 또한…… 죽게 되리라는 것을.

기 드 모파상 연보

1850 8월 5일 노르망디 지방 투르빌쉬라르크 마을의 미로메닐 성관(城館)에서 아
버지 귀스타브 모파상과 어머니 로르 드 모파상의 장남으로 출생.

1856 동생 에르베 출생.

1860 부모의 별거. 어머니를 따라 동생과 함께 에트르타의 별장에 내려와 살게 됨.

1863 10월 이브토의 신학교에 기숙생으로 입학.

1865/6 신경쇠약 증세가 나타나기 시작.

1868 '자유분방한 사고, 반종교적 태도 및 갖가지 스캔들'을 이유로 신학교에서 퇴
학당함. 루앙 시(市)의 코르네유 고등학교에 입학. 일찍 작고한 외삼촌 알프
레드의 친구인 시인 루이 부이예에게 시작(詩作)을 사사함.

1869 7월 8일 부이예 사망. 이를 계기로 역시 외삼촌의 절친한 친구였던 귀스타브
플로베르에게 문학수업을 받기 시작하면서 시에서 산문으로 전향. 7월 27일
카엥 시에서 바칼로레아(대학입학자격시험)에 합격. 파리 대학 법학부 입학.

1870 8월 5일 프로이센·프랑스전쟁 개시. 징집되어 비정규군으로서 루앙 시 소재
군 경리국의 서기 보직을 받음. 12월 6일 프로이센군이 루앙에 입성하자 르아
브르 시로 퇴각.

1872 1월 1일 제대. 파리에 거주. 3월 20일 아버지의 도움으로 해군성에 무급 수습

직원으로 취직. 아버지로부터 생활비를 보조받음.

1873   해군성의 정직원으로 승격됨. 일요일마다 플로베르를 찾아가 본격적으로 문
학수업을 받음. 이후로 플로베르는 모파상의 스승이자 정신적 아버지가 됨.

1875   플로베르의 소개로 에밀 졸라, 이반 세르게예비치 투르게네프, 공쿠르 형제
등 유명 인사들과 교우하게 됨. 조제프 프뤼니에라는 가명으로 최초의 단편
「박제된 손 *La main d'écorché*」 발표.

1876   심장질환으로 진료받음. 3월에 잡지 〈문학 공화국 *La république des lettres*〉
에 게재된 시 「물가에서 *Au bord de l'eau*」로 시인으로서의 재능을 인정받음.
10월, 같은 잡지에 기 드 발몽이란 가명으로 「귀스타브 플로베르 연구」 발표.

1877   3월 매독에 걸림. 8~9월 휴가를 얻어 스위스에서 온천 치료. 『여자의 일생
Une vie』 초안 구상.

1878   플로베르의 도움으로 문교성으로 전직. 플로베르는 무명의 문학청년 모파상
이 주요 살롱과 문학계에서 빛을 보도록 온갖 영향력을 행사함.

1879   2월 어머니가 신경질환으로 요양원에 입원. 11월 〈근대 자연주의 평론지 *La
revue moderne et naturaliste*〉가 모파상 몰래 「물가에서」를 「어느 매춘부
Une fille」[*]라는 제목으로 게재. 공중도덕 훼손으로 법원에 소환되지만 플로
베르가 발 벗고 나서 영향력을 행사해 이듬해 2월 공소기각으로 마무리됨.
『비곗덩어리 *Boule de suif*』 집필.

1880   1월 단편 「벽 *Le mur*」 발표. 2월 플로베르가 『비곗덩어리』의 원고를 읽고 '후

____

[*] 'fille'라는 단어는 지금은 '소녀, 미혼여성, 딸'을 의미하지만 그 당시에는 '창녀'의 뜻으로 쓰였다.

세에 남을 걸작'이라 극찬하며 처음으로 모파상을 자신의 문학적 아들로 인정. 플로베르는 모파상에게 "소중한 내 아들(mon cher fils)"로 시작되는 편지를 보내며 비로소 말을 놓음(tutoyer). 3월 졸라가 주도해 간행한 『메당의 야회 *Les Soirées de Médan*』[*]에 『비곗덩어리』가 발표되자 프랑스 문단의 기대주로 부상함. 5월 급성 뇌출혈로 플로베르가 사망하자 충격에 빠진 모파상의 병세가 악화됨. 6월 문부성에 3개월간의 병가 요청. 진단서에 기재된 병명은 '만성 신경증, 심장질환, 소화기 장애, 오른쪽 눈의 조절기능 마비'였음. 모파상은 계속 병가를 연장하다가 이듬해 문부성을 사직함.

1881   5월 최초의 단편집 『메종 텔리에 *La Maison Tellier*』^{**} 출판. 문부성 사직. 중단했던 『여자의 일생』 집필 재개.

1882   5월 단편집 『마드무아젤 피피 *Mademoiselle Fifi*』 출판. 7~8월 브르타뉴 지방 여행.

1883   최초의 장편 『여자의 일생』을 문학 일간지 〈질 브라스 *Gil Blas*〉에 연재하여 호평을 받음. 4월 단행본으로 출판. 모파상을 외설작가로 폄하하던 톨스토이조차 『레미제라블 *Les misérables*』 이후의 프랑스 소설 중 최대의 걸작이라는 찬사를 보냄. 단편집 『달빛 *Clair de lune*』과 『멧도요 이야기 *Les contes de la bécasse*』 출판. 오른쪽 눈에 이어 왼쪽 눈의 조절기능에도 이상이 생김.

1884   아프리카 기행문집 『태양 아래 *Au soleil*』 출판. 『벨아미 *Bel-Ami*』 집필 시작.

1885   모파상의 안질환과 어머니의 신경증 악화. 3월 단편집 『낮과 밤 이야기 *Contes*

---

[*] 프로이센·프랑스전쟁에 관한 여섯 작가의 단편이 수록된 책.

^{**} 8편의 단편을 수록하여 투르게네프에게 헌정한 책.

du jour et de la nuit』출판. 4, 5월 이탈리아 여행. 5월 두번째 장편『벨아미』출판. 연말에 요트 '벨아미호(號)' 구입.

1886 안질환의 악화로 5일간 암흑의 방에서 지냄. 1월『투안느*Toine*』, 2월『므슈 파랑*Monsieur Parent*』, 5월『귀여운 로크*La petite Roque*』출판을 위시한 왕성한 저작 활동.

1887 문명(文名)이 드높아져 신문사와 출판사들이 원고 쟁탈전을 벌임. 센 강변의 저택을 구입해서 친구들과 파티를 즐김. 1월 장편『몽토리올*Mont-Oriol*』, 5월 단편집『오를라*Le Horla*』출판.『피에르와 장*Pierre et Jean*』집필. 연말에 두번째 아프리카 여행을 떠남. 건강 악화.

1888 1월 아프리카 여행에서 돌아옴. 1월 장편『피에르와 장』, 6월 지중해 기행문집『물 위*Sur l'eau*』, 10월 단편집『위송 부인의 장미나무*Le rosier de Mme Husson*』출판.『피에르와 장』의 서문으로 쓴 '소설론'이 빌미가 되어 〈피가로*Le Figaro*〉지와 다툼을 벌이고, 광기 어린 흥분 때문에 세간의 주목을 받음.

1889 1월 마르세유에서 20톤급 요트를 구입해서 또다시 '벨아미호'로 명명. 2월 단편집『왼손*La main gauche*』, 5월 장편『죽음처럼 강한*Fort comme la mort*』출판. 벨아미호로 가을 내내 이탈리아 해안 지방을 여행하다 장출혈 때문에 돌아옴. 11월 동생 에르베가 정신병원에서 사망.

1890 3월 기행문집『방랑생활*La vie errante*』, 4월 단편집『무익한 아름다움*Inutile beauté*』출판. 6월 장편『우리의 마음*Notre coeur*』출간.

1891 신경증이 급속히 악화됨. 4월『삼종 기도*L'Angélus*』집필 중단. 죽음을 예감하고 유서 작성. 지인에게 보낸 마지막 편지에 "전혀 가망이 없네. 죽음이 임

박했고, 나는 미쳤어"라고 씀.

1892   1월 1일과 2일 사이에 두 번이나 자살을 시도하지만 미수에 그침. 1월 7일 파
        리 교외 파시의 정신병원에 이송되어 강제로 입원. 이후 18개월간 거의 혼수
        상태로 지냄.

1893   7월 6일 오후 세시경 병실에서 사망. 8일 졸라의 조사로 진행된 장례를 마치
        고 몽파르나스 묘지에 안장됨.

모파상은 19세기 프랑스 문학의 사실주의와 자연주의를 아우르는 소설
가로, 단편소설과 환상문학을 논할 때 그 이름이 빠지지 않는 거장이다.

하지만 그에게 따라다니는 '혜성처럼 등장했다 벼락처럼 사라진 작가'라
는 수식어가 시사하듯 실제로 그가 작품 활동을 한 기간은 십 년 남짓에 불
과하다. 그것도 그 시간 동안 집필만 했어도 모자를 판인데 자신의 시간과
에너지를 줄곧 병마에 시달리느라 뭉텅뭉텅 떼어내면서 말이다. 모파상 서
거 100주년 기념으로 발간된 특집호 〈마가진 리테레르Magazine Litteraire〉(No.
310, 1993)에 수록된 소논문들을 읽다보면, 다소 과장해서 말하자면, 마치 그
의 병명들이 열거된 의료 기록 혹은 병상 일지를 보는 것 같은 착각이 들 정

도다. 그의 질환들을 간략하게 정리하면, 이미 15세에 (모계의 유전적 요인으로 보이는) 신경증이 발현되고, 26세에 심장질환, 27세에 매독(당시에는 불치병으로 여겨졌다)에 걸리고, 간질환, 소화기 장애, 장출혈, 만성 두통, 류머티즘과 안질환으로 인해 끊임없이 고통에 시달렸다. 특히 안질환 때문에 그는 평생을 불안과 고통 속에서 살다가 결국 실명 상태에서 정신병으로 사망한다. 그런 와중에도 시, 희곡, 기행문은 물론이고 100여 편이 넘는 문학 시평時評과 6편의 장편소설, 300편 이상의 단편소설을 써냈으니, ‘썼다’기보다는 말 그대로 ‘토해냈다’는 편이 더 적절하겠다. 게다가 그렇게 ‘토해낸’ 작품들 대부분이 수작이다. 천재가 고통 속에서 피워낸 그 아름다운 꽃송이들은 일찌감치 우리말로 번역되어 필독 고전의 목록에 올라 있다. 장편 『여자의 일생』『벨아미』와, 『비곗덩어리』『목걸이』를 위시한 몇몇 단편이 그것이다.

(내가 알기로) 『밤』은 우리에게 잘 알려지지 않은 단편으로, 매일 밤 파리를 산책하는 화자인 ‘나’가 경험한 심정의 극심한 혼란을 기술한 작품이다. 늘 같은 도시, 익숙한 거리에서 느닷없이 빛이 사라지고, 뒤이어 사람들이 사라지면서 친숙하던 일상의 풍경이 별안간 낯선 모습을 드러낸다. 영

문을 모르는 '나'는 극심한 불안과 두려움을 느끼며 길을 헤매다가 죽음을 예감하기에 이른다. 카스텍스나 토도로프의 환상문학의 정의*에 꼭 들어맞는 내용이다.

이 작품에서 환상은 다음 네 단계를 거치며 점진적으로 진행된다.

I. '낮 / 밤'의 이분 구조에서 '나'는 후자를 선호한다. '밤'은 나의 열렬한 '사랑의 대상'으로 의인화된다.

II. I의 이분 구조는 '빛'과 '어둠'의 대조로 반복되면서 부분적으로 수정 혹은 보완된다. '나'가 사랑하는 '밤'은 '빛'과 '어둠'이 균형을 이루는 중간 상태, 즉 인공불빛으로 밝혀진 활기찬 '밤'이다. 나는 파리의 야간 산책을 즐기곤 한다.

III. 어느 날 불로뉴의 숲으로 들어가면서 II의 균형이 무너진다. 밤의 숲은 어둠을 시사한다. 어둠은 광기로 치닫고, 길을 잃은 나는 구원을 요청하지만 묵묵부답인 절망적 상황에 놓인다.

---

* 프랑스 문학평론가 피에르 조르주 카스텍스는 '일상의 틀 속으로 갑자기 신비가 들어오는 것'으로 정의했고, 불가리아 출신 프랑스 철학자 츠베탕 토도로프는 '진실인지 환각인지 판단하기 힘든 애매함이 작품의 마지막까지 유지될 경우'를 환상문학으로 정의했다.

Ⅳ. '낮(빛) / 밤(어둠)'의 이분 구조가 사라진 자리에 '타인의 존재 / 절대고독'의 문제가 대두된다. 빛이 사라지고 타인의 존재가 사라지자 시간과 공간마저 가늠할 수 없어진다. 그것은 홍수가 모든 경계를 지워버리듯 일체의 분절이 사라진 액화된 세계이다. 나는 강물 속에 잠기며 죽음을 예감한다.

'어둠(＝절대고독＝죽음)에 대한 공포'를 기술하고 있는 이 작품의 일인칭 화자는 모파상 자신일 거라고 나는 거의 확신한다. 화자가 겪는 어둠의 공포는 실명 위기에 처한 작가 자신의 불안과 두려움에서 비롯되었다는 짐작에서이다. 한 작가의 작품을 읽는다는 것은 그 작가를 읽는 일이기도 한데, 『밤』의 경우가 특히 그렇다. 그래서 이 단편(미세담론)의 독서가 뒤로 비쳐 보이는 '작가의 삶'이라는 또하나의 텍스트(거대담론)와 겹쳐질 때 그 울림이 더욱 커진다.

이 작품이 발표된 것은 1887년이다. 6월 14일 문학 일간지 〈질 블라스〉에 게재되었다가 이듬해 단편집 『달빛』에 수록되어 출간되었다. 이 시기는 이미 거장의 반열에 오른 모파상의 원고를 얻고자 신문사와 출판사들이 쟁탈전을 벌일 정도로 그의 문명文名이 드높을 때이다. 하지만 명성과는 반대로 건강은 악화일로를 달리던 때이기도 하다. 특히 안질환의 악화가 급속도로 진행된다. 오른쪽 눈은 조절기능 장애로 이미 1880년부터 거의 마비된 상태이고, 1883년부터는 동일한 증상이 왼쪽 눈에도 나타난다. 1887년에 접어들면 양쪽 눈이 모두 빛을 감당하지 못하는 지경에 이른다. 그래서 닷새 동안 암흑의 방에서 지내기도 하고, 삼 주 이상 독서나 집필이 아예 불가능해지기도 한다.

시선을 집중해서 유심히 바라보거나, 읽거나 쓰는 작업을 하려고 하면 이내 동공이 일그러지고 확대되어 이상해지는 거예요. 그래서 삼 주 전부터 아무 일도, 심지어 짧은 쪽지 한 장 쓰는 일도 하지 말라는 처방이 내려졌어요.*

누구에게나 시력을 잃는다는 것은 끔찍한 불행이다. 하지만 글을 쓰는 작가에게는 음악가가 청력을 잃는 것처럼 치명적인 일일 것이다. 더욱이 스스로를 '견자Regardeur'로 자부하던 모파상이 아니었던가.

---

* 〈마가진 리테레르〉 No. 310, 1993년 3월호, p. 32에서 재인용.

모파상과 플로베르가 각별한 사이였다는 것은 주지의 사실이다. 플로베르는 모파상의 문학적 스승이자 정신적 아버지였다. "이 세상 어디에도 완전히 똑같은 두 알의 모래는 없고, 두 마리의 파리도 없으며, 같은 두 개의 손, 두 개의 코도 있을 수 없다"고 가르친 스승의 영향으로 제자는 탁월한 통찰력으로 걸러낸 적확하고 간결한 문체를 구사한다. 그리고 스승의 가르침에서 더 나아가 이렇게 피력한다.

작품을 쓰려면 너무 추론하지 말아야 한다. 오히려 많이 보고, 본 바에 유념하는 편이 좋다. 중요한 것은 보는 것이다voir. 그것도 정확하게voir juste. 정확히 본다는 것은 대가들의 눈이 아니라 자신의 눈으로 보는 것을 말한다.[*]

표현하고자 하는 것이 무엇이든 오랫동안 대상을 유심히 관찰해서 아무도 보지 못한, 누구도 말하지 않은 점을 찾아내야 한다.[**]

____

[*] 1886년 모리스 보케르에게 보낸 편지.
[**] 『피에르와 장』의 서문.

따라서 모파상이 본격적으로 글을 쓰기에 앞서 플로베르에게 문학수업을 받았던 칠 년여의 세월은 대충 보지 않고 꿰뚫어보는 눈, 정확하게 보는 눈을 만들기 위한 훈련 기간이었다. 그가 '혜성처럼' 문단에 등장해서 이내 거장의 반열에 오를 수 있었던 것은 우연한 행운이 아니라 '대상을 빨아들이는 펌프'처럼 훈련된 예리한 눈의 공로다. 그러므로 보기vision를 무엇보다 우선시했던 작가에게 실명의 불안이란 죽음의 공포와 다름없는 악몽이었을 것이다.

그래서 나는 모파상의 이런 불안과 공포가 『밤』이라는 작품으로 승화된 것이라는 가정을 해본다. 그리고 『밤』이라는 제목 옆에 짐짓 괄호를 열고 써넣은 '악몽'이라는 부제에 주목한다. 괄호를 여는 그의 제스처에서, 그 부제에서 얼핏 그의 실낱같은 희망이 읽힌다. 악몽에서는 언제든 깨어나게 마련 아닌가. 악몽에서 깨어났을 때의 안도감!

하지만 그는 결국 깨어나지 못했다. 그리고 몇 년 후, 정신병원의 어두침침한 병실에서 "어둡다, 아아 어둡다!"라고 부르짖으며 숨을 거두었다. 양쪽 눈의 기능이 모두 마비된 상태였다.

모파상이 세상을 떠난 지 올해로 백이십 년이 된다.

그를 따라 이미 오래전에 사라졌을 고통이, 『밤』을 펼치자마자 빛의 속도

로 귀환한다. 내 가슴에 칼처럼 푹 꽂히더니 바르르 떨린다. 손을 대면 진동
이 전해질 것만 같다. 그래서 번역하는 내내 가슴이 먹먹했다.

2013년 가을

송의경

옮긴이 **송의경**
서울대학교 불문과를 졸업하고 이화여자대학교에서 박사학위를 받았으며, 프랑스 엑상프로방스 대학에서 박사과정을 수료했다. 이화여대와 덕성여대에 출강했다. 옮긴 책으로는 『당신도 나도 아닌』『슬픈 아이의 딸』『사랑 소설 같은 이야기』『달을 따는 이야기』『빌라 아말리아』『혀끝에서 맴도는 이름』『은밀한 생』 등이 있다.

문학동네 세계문학
밤: 악몽

초판인쇄 2013년 10월 25일 | 초판발행 2013년 10월 30일

지은이 기 드 모파상 | 그린이 토뇨 베나비데스 | 옮긴이 송의경 | 펴낸이 강병선
책임편집 김경미 | 편집 오영나 | 모니터 이희연
디자인 김이정 | 저작권 한문숙 박혜연 김지영
마케팅 정민호 박보람 양서연 | 온라인마케팅 김희숙 김상만 이원주 한수진
제작 강신은 김애진 김동욱 임현식 | 제작처 영신사

펴낸곳 (주)문학동네
출판등록 1993년 10월 22일 제406-2003-000045호
주소 413-120 경기도 파주시 회동길 210
전자우편 editor@munhak.com | 대표전화 031) 955-8888 | 팩스 031) 955-8855
문의전화 031) 955-3576(마케팅) 031) 955-2652(편집)
문학동네카페 http://cafe.naver.com/mhdn | 트위터 @munhakdongne

ISBN 978-89-546-2283-7 03860

www.munhak.com